高速線上

潘金英　潘明珠　著

目錄

序一

范徐麗泰

范徐麗泰女士（中）與本書兩位作者合影

生活——是無數的片段，無規則地聚在一起，有時帶些歡樂給我們，有時引起我們一點愁緒，有時卻令我們沉思，有時……

《高速線上》就是將一些生活片段，娓娓道來，有悲有喜，有靜有動，有的讀後留下淡淡的一絲哀思，有的引起我們對人生意義的體會。看了一篇，很想繼續看下一篇，想知道潘家姊妹帶些什麼給我。

這不是一本引人入勝的長篇小說，也不是波瀾壯闊的記載，它是一本小小說集，是一冊給普通人分享的生活小品。有的內文引起我的共鳴，有的令我感嘆，有的使我會心微笑。

普通的事，平實直敘，真實感強。透過日常瑣事，帶出一些人生哲理。我覺得讀著有如品嚐一杯帶有甘味的白開水。

序二　　　　　　　　　　　　東瑞

東瑞（右二）與瑞芬（右一）及本書兩位作者合影

陽光 · 熱能 · 小小説

認識潘金英、潘明珠姐妹自上世紀八十年代，歲月不覺流逝了三十幾年。那時的文藝青年，如今已是香港、海內外聞名的作家。我和瑞芬在這繁華大都會與潘氏姐妹相遇於兒童文學研討會、學校、頒獎禮、書展等場合，非常欽佩於她們的努力進取、陽光心態；她們在生活和寫作路上，儘管遇到艱難險阻，都能樂觀面對，百折不撓，在創作上拿出一次又一次的好成績。當年的有些同行者早就封筆，她們卻猶如一朵碩大的姐妹花，愈開愈美麗燦爛！

《高速線上》一書便是金英、明珠姐妹的新收穫。以往我們曾被她們兒童文學的童真感動，如今不妨再為她們精心構思的小小説鼓掌喝彩吧。

本書收十七篇，雖然不多，但其傳遞的文學訊息卻不少。感覺有三：

其一，文字、篇幅都非常簡潔，絕大部分千字上下，以少勝多；

其二，一種正能量撲面而來。這種正能量，猶如本書那篇〈陽光捕手〉裡的太陽能，讀來令人感覺心熱；〈高速線上〉是職場故事，告戒我們不該迷信賞識、走捷徑而上位；在社會上立足，應該靠實力打拼；〈玉手〉讚美了下層勞力者的勤勞和人品；〈母與子〉寫的是家人兩代應該互相理解和體諒；〈疫騙〉寫出了病毒流行期間另一種醜惡人性的危害，足以引起警惕；〈青蔥日子像調色碟〉以我第一人稱的敘事簿形式，寫實習老師的有趣感受和心路歷程。「陽光總在風雨後」，是的，全書精神，無不以太陽能般的熱能感染、感動讀者。

其三，富於技巧。小小說講究內涵與技巧。細心的讀者必然會留意，〈高速線上〉以壽司的高速線和圓形轉盤喻事；〈陽光捕手〉奇思妙想卻有根有據；〈玉手〉用臭手和玉手的對照呈相反意涵；〈青蔥日子像調色碟〉寫得活潑有趣而韻味無窮，如此等等，金英、明珠姐妹倆可謂調動了多種手段將十七篇小小說寫得精彩紛呈。

是為序。

二〇二三年六月六日

高速線上

潘明珠

面前的壽司高速線，有盞小圓燈在閃了，艾莉即爽手地從載著兩碟壽司的電動小車上，把壽司取下，分別放到我和她自己面前。

「試試吧！味道不賴！」艾莉對我說，一口吞下三文魚壽司。

因受新冠疫情限聚影響，我已兩個月沒在外吃餐，也沒約過朋友了。

「最近很想吃日本餐，來這店可解我對壽司相思之苦！」艾莉笑笑，又一口吞了一塊壽司。

這新設計的店我沒來過。我說：「這兒稱高速線，已不是以前圓形轉盤設計那種迴轉壽司了。現代人都貪快！」

「很好吧！有時來這兒吃吃！」艾莉點點頭，在手機上查看點點有什麼好吃的。不知她有沒有忘記我們第一次在新宿吃迴轉壽司，那時她的豪情壯語？

那一年，我們在東京，還未大學畢業，艾莉已收到一間日本大會社（企業）「內定」的信。宿舍裡的同學都很羨慕她，認為她已走在高速線上。「內定」是日本大企業每年到大學揀卒時，憑即將畢業生的成績或課外各樣表現而預先破格取錄為社員之意，學生一旦有了內定的信，便是準社員，可安心畢業而不用頻頻寫求職信或去面試了。

「今天慶祝我內定了，我宴請你吃迴轉壽司，二十碟，不，任你吃多少！顏色任選，選金色的吧！」那天艾莉笑得開眉，非常豪氣地對我說。

迴轉壽司是日本平民的壽司，每碟由一百日圓到四百多日圓不等，而用金色碟盛的壽司屬最高價的，一碟要四百日圓。

雖說是平民壽司，對於我們窮困的留學生來說，吃迴轉壽司已算是非常期待的盛宴。

那天，我們二人大口大口地鯨吞壽司，共吃了二十五碟，碟子疊高過頭，不亦樂乎！

畢業後，我返香港一間小公司工作，與艾莉各有各在職場打拼，從一些舊同學處聽聞艾莉在那大貿易公司的事業進升快如新幹線，平步青雲，還經常被派到亞洲以至歐洲各地出差。但每次經香港，艾莉只給我一通電話，匆匆說，出差太忙了，抽不到時間聚舊。

一天晚上，我在公司 OT，下班時已是九時多，竟收到艾莉的電話。

「你快來，我們喝酒、吃壽司！」她命令式的語氣不容我拒絕。

我到了艾莉下榻酒店的高級日本餐廳時，見她已喝到半醉。她臉上化妝頗濃，但也難掩倦意。

我說：「不能空著肚子喝清酒，點些你愛吃的三

文魚壽司好嗎？」

艾莉「噓」一聲像嘲笑的說：「奧馬卡些！（日語譯音，即由廚師決定吃什麼）這是最高級的日本料理呀，我們不吃三文魚的呀！奧馬卡些！」

但那晚上，艾莉只吃了很少，一邊喝酒，一邊斷斷續續傾訴她在職場上的挫折和怨言，我已能猜到一些了，她上司把責任推卸給她，令她很委屈。「不許嗯一聲，他要我把死貓塞進口中和血吞！」艾莉咬著唇吐了一句日語。可以想像，一個女子在大男人主義的企業中，即使付出多大努力，她也不會跟穿梭於公司的男子一樣，得到同等的尊重和機會；最後她能否達到自己的理想？我想到自己，不是同樣在職場上營營役役？曾經以為，只要有才能，一定可幹一番事業；但現實總是事與願遺。

那晚之後，過了好久我沒收到艾莉的消息。一次在同學會的聚餐，我聽說艾莉辭職返港了，並給

自己放「悠長假期」。但當我們二人都在香港時，疫情來襲，整整兩年，都沒見過面。

噢！兜兜轉轉，我們現在竟來到高速線的壽司店。

「來！今日都盡情吃吧！」

我問艾莉，假期之後會做什麼事呢？

她沒答我，又吞下一片壽司，指著碟子上的卡通圖和句子說：「這些碟子已不分顏色了，我也不理是迴轉還是高速，只是喜歡這些金句，你看！」

我喵一下碟子，每個都寫著有意思的句子：「手卷同人一樣，重要嘅係內涵！」

「幸福可以點計？用壽司做單位。」

艾莉笑著把碟子一個個疊得高高的，我再次見到她笑開了眉。

笑臉花

潘明珠

我丈夫龍病逝那年，大家都送他上路，葬禮上一片花海。

龍的好友福，竟又送給我一盆花，我不明白福為何送花，心情低落，不想說話，也不多問，便收下了花。

福與龍同在一科技公司工作，情同手足，是對難兄難弟；福安慰我振作，又叮嚀說：「這荷蘭花，是龍托我從歐洲帶回來給你的！它生命力強，當花謝了，只要你好好栽種，第二年又會再開花啊！」

哦，是龍送我的嗎？龍染絕症的一年，他周遊列國，從沒買什麼給我；我想，或是福藉詞送花給我，想我有些寄託吧！

我把花放在小陽台，沒什麼期望，但我也漸漸養成澆花的習慣。

不知何故，這花也真神奇！那年冬天特別冷，

我綣在棉被中不想動，想著和龍的種種過去的回憶，對未能誕下孩兒深感遺憾。夜裡，龍到我夢裡來，蹲在花盆旁看，似問：「我托阿福帶給你的這荷蘭花，喜歡嗎？……」

我不說一言，只默默取水，為花澆水，因為心裡仍很難過！我思念你呀，眼眶一濕就醒來了。

小陽台迎來第一縷晨光，小盆上的荷蘭花又默默開了！盆上開了嬰兒頭般大的一朵粉嫩嫩的大白花，上有紅色條紋；陽光下展現了像個寶寶般的笑臉。真是龍送給我的寶貝吧？

之後每年，當我為生活營役，感到有點頹喪無力時，這花就定時開了，我特意為她拍下美麗的照片。

今年在新型冠狀病毒疫情陰霾下，宅家多時，我漸感鬱悶，幸好看見花的照片；她提醒我，勿忘

她陪伴著我，澆花習慣不能忘啊！

　　龍呀，大白花又悄悄開得燦爛了！十年了，年年開花，花代你鼓勵著我振作，要歡笑過日子，笑迎生活的困難！

陽光捕手

潘金英

陽光先生家住山坳頂的小村，村巴疏落，老婆常有怨言。自新冠肺炎爆發後，生活更不便了！

疫症肆虐，村民談的都是抗疫；陽光先生想裝太陽能板來抗疫！

老婆反對：安裝費不菲！這些年靠點退休金過活，不該省著用嗎？

他説：生活是廣闊的，有很多美好等著人發現呀，就像灑遍大地的陽光！你目光放遠些，在屋頂安裝太陽能光伏發電板，是創新科技，是家居好優勢，值得肯定！它是大公司索億斯的家居供電專案，這公司還給醫院捐贈很多防疫物資，是良心企業。

她反駁：良心又不是金！你錢太多？用不著那麼奢華！

他更正：不是奢華！好東西值得帶頭做，良心

比金好！我先做，一家裝，遲些全村也裝，環保不差！你何愁老來沒錢？平心說，我們有了太陽能就有用不完的電，完全免費；電多的話，更可賣給政府電網，就長期有收入了！

她噤聲。太陽能工程期間，村民都過來看他屋頂設備，很羨慕哩！

怎料晴天霹靂，病毒肆虐，形勢轉惡，席捲全港，政府宣佈隔離政策，村民都躲在家；但太陽能光伏發電板的安裝工程，尚未完成！

工頭因限聚令無法不停工。連夜大雨滂沱。老婆埋怨：何來陽光？不怕工程爛尾嗎？

他要她等候，淡定地說：暫停工就等吧！誰保證人生無風雨？生活雖有疫情起伏，但始終可受控呀！陽光總在烏雲後，雲散日露，雨過天晴；耐心守候，要凝聚強大的精神動力，解禁後不就可趕工

程嗎？

她的心豁然開朗起來，不再煩惱，終可明白丈夫了：他有樂觀精神，堅信日子必有燦爛陽光，因他是陽光捕手！

灰姑娘
華麗的抉擇

潘明珠

小息的時候，那個插班生婷兒又拿出她的新玩意展示一番。前天是新手錶，昨天是高級化妝品，花樣真多。

「噢，是最新的限量版 5G 手機！」惠珠大叫，她總是那樣鄉下妹似的，事事大驚小怪。惠珠問婷兒，是不是做補習兼職賺了很多錢。

婷兒搖搖搖頭。「有錢也未必買得到啊！男友送的。」

男友？媚媚想起她第一次見到婷兒口中所謂男友的情景。那天，媚媚去取自己的自行車時，見到一輛豪華的房車高速轉彎駛到校門前，差點碰到她的自行車，其他同學立即圍上來看熱鬧，有人高呼「噢，是寶馬車呢！」畢竟在媚媚她們就讀的新界偏遠中學，不常見有寶馬名廠車來接放學。

一個穿西裝的男人從司機座走出來，迎向婷

兒；媚媚第一眼看到那人一頭油光的黑髮便感可
笑，真像假髮呢，媚媚正想問婷兒那人是否她爸爸
或叔叔，婷兒卻先介紹說那人是她男友，姓余的，
叫艾力，媚媚有點尷尬，不知怎樣反應，心想：婷
兒真大膽，我們就算有喜歡的男孩，也不敢正面說
出來啊！

「這位小姐沒事吧！要我順道載她嗎？」那個余
先生卻先開口說，表現得很熱心似的。

媚媚忙搖頭，急急跑開了。

第二天，幾個女孩子都好奇地圍著婷兒追問。

「你的男友是有錢人嗎？新手錶、化妝品都是他
送的嗎？」

「他有三十多歲吧，不是太老了嗎？」

「你們拍拖去哪兒玩？不只是逛街看電影這些中
學生玩意吧？」大家一人一句像要「審問」婷兒。

婷兒的回答卻令人吃驚。「年紀大一些沒所謂，只要他有錢、疼我，我又不是想和他一生一世，只要每次和他拍拖去街有回報，相比補習兼職有我著數耶！」

「吓？」媚媚忍不住插了一句：「你這樣，不就是援交嗎？」

婷兒臉龐一下子漲紅了，反駁說：「你知什麼是援交嗎？警告你，不知不要亂說！我不是！」

惠珠想緩和氣氛，輕輕拉開婷兒問：「那你喜歡余先生嗎？」

婷兒理直氣壯地說：「喜歡不行嗎？他見識廣，跟著他，我可以出入高級地方，吃好的，買名牌，媚媚妒忌我吧。」

那次之後，媚媚很少加入和婷兒、惠珠她們玩，老師要她們分組做專題報告，媚媚也盡量避免

和婷兒一組。

「噢，這手機真棒！」那一邊，婷兒正在向惠珠她們示範手機的功能，惠珠又大叫，真大開眼界呢。

在這一邊的媚媚也忍不住斜眼瞄了一下；那手機確是很難買得到的，首次開賣那天媚媚哥哥專程由新界乘車到香港區的中環排隊輪候，也無法成功購買得到啊。媚媚有點想走近婷兒那邊見識一下，但她始終沒動，自從婷兒插進這班來，所有同學都覺得她時尚吸引，她又層出不窮地炫耀自己的物質，大家都羨慕她、討好她；媚媚想，自己不喜歡那一套。

放學時，媚媚去取自行車時，見到那輛名貴寶馬車又來了，婷兒輕步奔上去，還轉過身來，笑著向惠珠說：「喂！你不是說很想遊車河嗎？來！今天我還會給你介紹男朋友。」

媚媚把自行車駛近，見到車上除了那個余先生外，還有一個男人。媚媚立即拉著惠珠，問她要跟婷兒去哪裡。惠珠天真地以為媚媚也想一起去，便說：「我們擠一點坐進車裡吧，婷兒說遊車河後，會去六星酒店俱樂部玩呢！」

媚媚生氣地搖搖惠珠的肩膊：「你這樣，不覺得很有問題嗎？」惠珠卻搖搖頭，匆忙跟著婷兒離去。

媚媚忽然想起網上流行的句語：「寧可在寶馬車裡哭，也不在自行車上笑。」

事實真的這樣嗎？

媚媚一直很想找老師談這些問題，卻常害怕尷尬，但如今惠珠這灰姑娘竟跟著婷兒踩在道德的鋼線上，她薄弱的意志會否令她絆倒？她會否跌進無盡華麗虛榮的深淵？媚媚陷入思索……

玉手

潘明珠

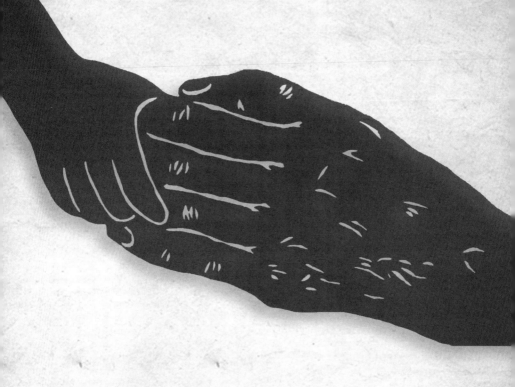

「真臭！你等下一輪吧。」升降機裡的小姐和太太抿著鼻說，負責大廈倒垃圾的敬嬸，只好拖著大袋重甸甸的垃圾，抱歉地點頭。

升降機門關上了。敬嬸無奈地想，臭？大袋內也有他們家的垃圾；為什麼自己要抱歉呢？敬嬸是鄉村婦女，來了這城市，雖只能找到倒垃圾的工作，但她做清潔工敬業盡責，一做便二十多年，把兒子都養大了。敬叔做過幾年小生意，失敗了，家庭負擔重了，敬嬸便靠同鄉阿霞介紹，在貿易公司做兼職倒垃圾，為家人打兩份工。

敬叔只偶做散工，常遊手好閒窩在家；他吃喝用的，都是敬嬸辛苦賺來的血汗錢；卻常罵敬嬸，說她腳頭差，累他家道中落，又嫌棄她身上有股垃圾味。

　　過年前阿霞去探她，不見敬叔在家。「阿敬又上大陸？」阿霞替敬嬸抱不平説：「真不公道，你為頭家任勞任怨，他就好吃懶做，其實他上大陸花天酒地玩吧？是他花光你的錢！」

　　之後敬叔染肺炎不適，返家後半個月就過世了。

　　「阿敬回來病躺床上，竟然拖著我的手……」敬嬸搖頭嘆氣憶述：「阿敬他拖著我的手，撫摸了幾下……還以為他想通了對我好！他竟説，別的女人手滑嘟嘟，你的手粗糙糙！」

　　敬嬸欲哭無淚，阿霞把手袋的潤手乳拿出來給她擦擦手，憐惜説：「別難過了，先辦好後事吧！」

　　敬叔生前無人緣，靈堂冷清；敬嬸低頭折元寶衣紙，心想，幾十年夫妻，自問已盡了妻子責任。

這時，一個穿花裙、白滑的雙手戴滿金鍊銀鐲的女子走進來，也不躬躬，便拉著敬嬸的手說：「我是小姍，敬哥說會留一筆錢給我⋯⋯」

　　沒待那女子說完，敬嬸甩掉那女子的玉手，抬頭咬牙切齒說：「你要找敬哥？到地獄去找！」

母與子

潘明珠

新聞報導，疫情稍緩和，中學復課。

華仔獨生，是虎媽的所有希望，自升上中四後，一天也沒停過學習，那怕每天只能睡五六小時；疲累的他最想休息，卻因追趕課程，只能在培訓班、補習班之間苟延殘喘。

疫情期間，天天上網學習，心裡壓抑，幸能靠繪漫畫放鬆消壓。華仔愛漫畫，把心事都付漫畫中，為了藏起這夢想，他把公仔簿藏到床底下的抽屜底內，這是唯一滋潤他枯燥心靈和苦厭生活的寄託。

他一直努力取悦虎媽，以為只要盡力就能滿足了媽，讓媽讚許；不再被分數和比較無情地束縛著……但去年期考卻只換來一張普通得令人不屑的成績單，媽質問：你怎麼還考這個分？明年怎追？

誰料今年刮來一場新冠肺炎風暴，他追趕成績更見難上加難了。媽責問：「你就不能再用心一點嗎？」隔一重口罩，他不想和媽對話。

怎料公仔簿卻被媽發現了！媽皺著眉大罵他：你就這樣不長進嗎？距離高考有幾多時間？你卻畫公仔？真沒大志！

媽更在他面前撕破畫簿！華仔嚇呆了，媽撕破了他的心血漫畫，也撕碎了他脆弱的心⋯⋯

華仔立刻忍不住和媽吵大架了，他想起了往昔很多不快經歷，把心胸壓抑著的話全吐出來，不停重複問：媽！我不明白你為什麼這樣做？到底為什麼！

他奪門而去，媽被反常的華仔嚇得不知所措，心痛如刀割。

兒子，難道你真不懂我苦心？

兒子成績，就是唯一滋潤她枯燥心靈的靈丹；兒子誤解，成績攀不上，她失卻寄託，心靈無法得滋潤，生活苦不堪言⋯⋯

母子心靈，為什麼不能彼此安慰？互補滋潤？真是隔一道口罩嗎？

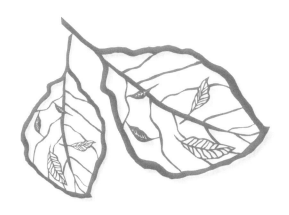

對話

潘金英

妻：我躺在床上，躲在被窩裡攬緊枕頭。突然，有人用力的拍打我，試圖拉走我。我迷迷糊糊地從夢中醒來，看見丈夫在我面前，他的嘴巴在動，卻啞口無聲，真奇怪！

後來，丈夫用紙筆以書面形式告訴我：「起床囉！要開鋪了！」而我就一臉無奈告訴他，鬧鐘並沒有響鬧！

他於是和我前往醫院了。

「什麼？我聾了？」醫生也用紙筆書面告訴我。

我大聲叫：「不可能吧！」我十分激動。

一段時間內，我都接受不到這個殘酷的事實，但是總要繼續生活，醫生叫我配耳聾機助聽器，我只好點頭，我只可變得更堅強。

夫：妻子聾了！我坐在沙發上看電視，而妻子觀看的卻是無聲的節目，無奈未能好好傾談、分享，真是沒趣。她看我唇形，學辨別說話暫時解決，但我決定為妻子訂制小型的助聽器！

手機響動，大姊發來信息，約我取機。

同妻子出街，她站在人來人往的西洋菜街，卻寂靜而無聲。眼見大姊在前，她心急越過馬路，險被車撞，幸好我抓著她。

大姊衝前來，露出緊張的神情，一知她小妹耳聾，都愕然了。

我們路經老媽家，我猶豫了一會兒問道：「可否跟外母說？我想介紹她這耳機。」

當時，我純粹希望幫多一下忙，大姊點頭肯首答允。我們上老媽家，老媽和小妹各自各地自說自

話，似配合得毫無敗筆；她倆互相拍拍肩膀，心領神會。母女間是不需多説話，很多事在心中相知。

我收到她們的心聲，一副耳聾機，令她們亦收到我的心聲，而且不用再猜估別人説甚麼。

世界不再寂靜，不須再喃喃自語，我們都心滿意足，百感交集。

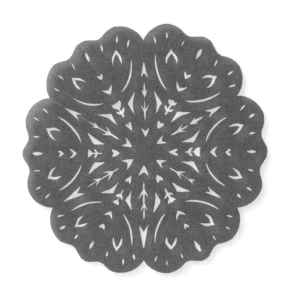

在台上發光

潘金英

卓盈盈自小立志，想成為哥哥那般的一百分勁量級學生。

「唉！哥哥真是太厲害、太卓越了！」

盈盈的哥哥卓軒，文武雙全，既是運動健將，也是朗誦能手。從小，哥哥在卓盈眼中，樣樣都了不起，書讀得好，又是學校籃球隊的隊長；考進了一級中學（Band One）後，還加入了為校爭光的朗誦隊；盈盈常以哥哥為榮：「對！他就是我的英雄偶像！」卓盈覺得，哥哥卓軒，永遠是她心中的卓越超人呢。

「感謝卓軒同學，從百多人中脫穎而出，勇奪第三十三屆學校朗誦節冠軍獎盃！現在我榮幸地宣佈，請他示範參賽誦詩，正式開始！」分享周會的學生會主持同學興奮地説。

在分享周會上，每次看到哥哥在舞台上發光發亮，贏得一陣陣掌聲；片刻間，盈盈就會幻想接受

鎂光燈的是台上的自己，光榮地受著眾人的讚美，所有人為自己拍掌……，可惜這只是幻想呀。

盈盈性格較內向害羞，想起從前小學時一次參加故事比賽，她還未回過神來，就要出場。「啊！糟糕！輪到我登台了！怎麼辦呢？怎麼辦呢？」她望著哥哥躹躬謝台了，下一個到自己了，她的心就已跳得快要掉下來了，盈盈四肢發抖，腦海一片空白地走到台前，眼見黑壓壓的人群，感到很害怕，心裡浮現的只是緊張及沮喪。

她支支支吾吾地說：「……青蛙遇到蝴蝶，成群結隊取笑他，你不要爬樹，會跌死你呀……青蛙正在努力爬上，就急說：我不怕呢。……」盈盈自己因為過份緊張，忘記了不少細節。其實，盈盈心中很遲疑，處處未能對堅毅青蛙表達出其堅毅來，當然無法表達出青蛙怎樣堅毅了。盈盈自覺膽小而自卑；她可不是叻哥哥啊！

「唉！哥哥真是太吶了！」

自從卓盈盈升讀中一後，她和哥哥有點距離了。她現在已升讀中二，但大她三年的哥哥，已是中五生了。回想小學時的形影不離，真是她的福氣。但是升中同一學校，卻已今時不同往日了。中一同學，規定要留在課室吃午飯，卓盈盈不能跟哥哥卓軒外出。哥哥很忙，同校不同層，卓盈盈一個人上學，上課、下課、小息、下課，一個人放學，一切沒能和哥一起，好像缺少了興味，有時感到孤零零呢。有甚麼辦法？他可是超人哥哥呀！他一放學便到圖書館，有時又留在球場練籃球，他常常很晚才回家，盈盈真難得見到哥哥的人影呀。

有時，她很想向哥哥問功課或玩耍，但哥哥的樣子總是很忙累，她還沒說幾句，哥哥便笑著的說：「阿妹！你長大了，自己看著辦！」盈盈有時感到哥哥愈來愈不像她心中愛顧妹妹的好哥哥了，還

真令她生氣呀！

　　一年過去，中學的生活不同小學，應接不暇的活動令盈盈漸漸適應初中的學習生活；也尋找她自己新的努力目標。現在已升讀中二的她，雖然再不規定要留在課室吃午飯，卓盈也不會找哥外出吃午飯，而是和同學們外出吃。盈盈發現初中生和高中生，有各自不同的生活、不同的圈子。但她眼中的偶像哥哥，可從來沒有改變過：「卓越，不凡；在台上發光發亮，贏得掌聲，人人羨慕！」

　　不是嗎？看這一刻，哥哥緩緩地走上講台中央，自信的腰挺得筆直，超級帥呆了，他的表演一直那麼出色啊！甫站出來已彷彿擁有了全世界的注目。他神情瀟灑地朗唸著：「花間一壺酒，獨酌無相親……」簡直把詩朗誦得抑揚頓挫，不！這已不是朗誦了。哥哥他，用心去訴說著李白這天才底心事，他為〈月下獨酌〉投入了新的感情，演繹作品

時，好比一個活生生的李白，傾訴出客處異鄉的孤獨感。

「永結無情遊，相期邈雲漢。」唸完整首詩後，哥微笑鞠躬，頓時掌聲雷動，「啪嗒啪嗒！」卓盈定睛一看，看到觀眾席上人人拍掌！她心裡感動著，讚歎著，心中向哥舉起大拇指：「你真棒！」心中自語著：「看來，我怎也比不上哥哥了……」聽著一片片掌聲，一陣酸意湧上心頭……

那時候的卓盈，還是只知道羨慕哥哥，她心裡不知道，她平日愛助人的善良性格，其實備受歡迎，也感動了班主任。卓盈不知道自己只要努力，自強不息，也會有卓越的一面。

這一天，班主任何老師在課堂上宣佈「卓越義工証書計劃」，他推舉了一向熱心做公益義工的卓盈，鼓勵她擔任義補班工作：「你和英英及真真一起

參加吧，給力！棒！」說著，向大家宣佈舉薦卓盈
帶頭，領同英英及真真兩位小老師，逢周五放學到
社區中心，為單親族的小學生，做義補小老師，並
且協助動手整合筆記。卓盈不知道自己能否勝任，
心情極為矛盾，她一邊擔心學生會欺善怕惡，不聽
教，處處作對；又怕自己不曉得做小老師，出洋相
被取笑。她心中很遲疑，有點心煩的在嘀嘀咕咕，
說到底，當小老師已經責任夠重的了，但最要命的
就是逢周五放學定期到社區中心去，學校要考試都
要去，真花時間呀！

　　正當想推辭，何老師說服著卓盈：「做義工很好
呀，我們應該抱著盡心盡力的心態幫助別人，而他
們給你的回報是不可衡量的。這一次你們去幫助他
們，就像把種子種在他們的心裡面，當他們長大後
發芽，也會去幫助別人。這樣一傳十、十傳百，樂
於助人的人也會愈來愈多了。」

同學們英英及真真兩位，都點頭答應老師，她只好也點頭答應了；但心中不太肯定應否去做長期義工呢。一直到黃昏，卓盈都坐不安寧，像給好多小蟻咬著似的。對她而言，爭取服務經驗，或取得「卓越義工証書」，又怎算得上是真的「卓越」呢？她心中的疑團，無法打開。

卓盈想試試像哥哥那樣，有機會踏上台前，贏得喝彩的掌聲。這種「卓越」的感覺，才真的值得追求啊！她心中患得患失，感覺找不到新的努力目標。

到底，「義工證書」是否她該追求的嗎？啊，也不知是不是為了這緣故，她雖加入了校外義補小老師班帶領小組，但心中其實不太想長時間替小學生義補。但為了老師的囑托，於情於理要好好做，也無可奈何。於是，她惟有在每個星期五都去社區中心，教小一到小三的學生做中、英、數的功課。

　　起初的第一個周五放學後，同學們英英及真真，跟卓盈一起去到社區中心時，有一位社工老師已經在大堂等著她們，她親切地安慰大家不用太緊張，卓盈緊繃的神經才鬆弛下來了。

　　但一走進課室，「哎呀」，學生都在亂跑，大叫大嚷一片混亂，大家對著大班小學生，頗應接不暇；卓盈立刻叫他們安靜坐下，開始做功課。卓盈這幾位小老師，一開始只抱著敷衍了事的心態教導他們，因為大家對學生的問題只是給予標準答案，沒有詳細的解釋。當學生一再詢問同一題的解釋，卓盈便顯得十分不耐煩，告訴他們只需要寫上標準答案就可以了。

　　有些小朋友停不下來一刻，又開始吵鬧了，卓盈這個小老師要幫忙維持秩序，可是，小孩們就是不很願意聽人「差遣」。任憑卓盈一而再、再而三

的解釋，他們也不明白，卓盈也沒有耐性去回答他們了，只想他們快點把功課完成。

　　經過這首天做義工的經歷，令卓盈不禁想：為什麼他們可以那麼遲鈍那麼笨呀？我又為什麼要聽老師「差遣」？她雖有機會做服務，但沒機會騰更多時間增值自己呀；時間責任都給了別人，自己哪有機會增值？不增值又怎會變強、變成卓越的人？自己如何從一隻其貌不揚的毛毛蟲破蛹化成蝶呢？她如何能轉變？如何能像叻哥哥那樣在台上發光？！

　　卓盈思前想後，她要堅持下去嗎？她決定了找機會好好問哥哥意見。

　　希望哥哥了解她的煩惱，不再說：「阿妹！你自己看著辦吧！」

浪花奔流過，
我們的青春

潘金英，潘明珠

假期後上學的清晨，同學們一個跟一個踏著碎步上一樓的禮堂出席早會，有些人仍依戀著假期說：「不想上學呀。」「我坐飛機去旅行。假期天天玩和看電視，好快活呀！」

當全校同學集結於禮堂時，校長站在台上，以沉重的聲音說：「今天陽光朗照，大家都回校上課了，但可惜你們當中一位好同學，她再沒有生活和學習的機會了，雖然她跟你們同樣年輕，同樣對生命有著各種的憧憬和盼望，但她鬥不過病魔——3C班陸明麗同學上周末逝世了……」

台下學生愕然，隨即一陣騷動，「吓？點會咁突然？」「她死了？噢！」「她的病……太可怕了！」同學騷動之際，明麗的好友雪虹霎時呆了，她感到氣促，呼吸困難，忽然眼前白茫茫一片……校長好

像繼續在說一些話，但雪虹聽不到，「咚」一聲她暈倒了……

那好像只是不久前的事啊！明麗的笑臉是那麼燦爛，雪虹回憶起早前的校際水運會上，她那樣拼命地去比賽，明麗那麼落力地為她打氣。當司令台的咪宣佈「張雪虹同學，於校際水運會取得女子一百米自由泳冠軍」時，明麗還伸出 V 手勢，對她燦爛地笑呢。那張笑臉怎麼突然消失？……

雪虹於中二才以插班生身份入讀，初來時沒朋友，這學校的課程要求又比以前的多，她感到孤單、讀得很吃力，便常常獨個兒躲到圖書館溫書，是那時候漸漸與當圖書管理員的明麗熟絡起來吧。明麗是班中的模範生，成績好，難得友善沒架子，又畫得一手好畫，聽說雨天操場上那幅牆畫是她的手筆。

那天，正當雪虹在圖書館讀著書中那些難明的英文「雞腸」，愈讀愈想打瞌睡時，明麗笑著遞上一張素描速寫畫：

　　「張雪虹，醒醒！這是恭賀你獲游泳冠軍，我特別畫給你的呀。醒一醒，專心溫書吧。」

　　那幅畫把雪虹在泳池中游泳的擊浪英姿畫得美極了，雪虹一直珍藏著它。

　　雪虹很想明麗和她一起練水。「你學業成績好，但卻少運動，加入泳隊吧！」

　　明麗說她體質不適合劇烈運動。

　　反之，明麗總是有辦法，找到很多別致有趣的方法去推動雪虹做功課學習。

　　初時，雪虹為了成為泳隊代表，投放了很多時間苦練泳術，幾乎沒空理會功課，這在她父母看

來，是「不明智」的。尤其是爸爸，他嚴厲下令雪虹離開泳隊。她爸爸認為那繼續下去會荒廢學業！爸爸想女兒將來讀大學、做一些專業，總之和游泳無關。

「你要自強，讓你爸媽看到你可以游水讀書兩樣都做到！」幸好有明麗鼓勵她，還多得明麗勇敢的承諾——對！明麗向雪虹的父母承諾，會幫雪虹補習，直至她全科合格以上，中、英文達良好等級。這真是個非同小可的承諾呢！而且明麗一直實行她所說的，直至她入醫院，仍堅持叫雪虹打電話問她功課……

後來雪虹的學業能保持及格，那是因明麗確實付出很大的功勞。雪虹功課上有不懂的，只要去找明麗，明麗一定不吝嗇地拿出她的精要筆記，讓雪虹參考，又從旁解說。同樣是優材生的班長傲芳卻

一副看不起人的眼神，不但不願指導雪虹，還拒絕和雪虹進同一組研習專題，她悄悄說：「恐怕成績受蠢人拖累呀。」

所以雪虹一直感激明麗：「幸好有你時常幫我，我功課才追得上，才可專心練水，我的金牌要分一半予你。」

明麗說：「你要把讀書也當作練水，努力克服挫折，好好裝備自強，那麼任何考驗都難不到你。」

「游泳和學業，你要兩樣都成功，必須付出雙倍的努力呀！」明麗曾畫了一幅少女漫畫：Q 版的雪虹一手拿著金牌，另一手則拿著書本……

「明麗，為了和病魔戰鬥，你何止付出雙倍的努力！？為何、為何都是徒勞……」雪虹在朦朧中見到一張張明麗送她的打氣圖畫，段段回憶像倒播的影片快速閃過。

「張雪虹，醒醒！」班主任何老師來到醫療室看雪虹，又把批改好了的作文交給她，其中夾著明麗的一篇作文，寫「從紅色分數到金牌──自強不息的同學」。

「那真是我嗎？」雪虹懷疑，沒有明麗的鼓勵和支持，她能撐下去嗎？

明麗的喪禮過後兩星期了，雪虹仍感到精神恍恍忽忽，溫書沒心機，也沒動力練水。

「張雪虹，fail！」英文老師搖搖頭派測驗卷給雪虹。

「雪虹，專注、專注！什麼都不要想，只管拼命游！向自己的潛能挑戰！」泳隊教練曾 Sir 在池邊呼喚她。

雪虹搖搖頭，一躍潛到水池深處，她不想聽那些不停叫她努力的話，她感到厭倦！痛失好友像重搥打擊她的心，她感到更多的努力都是徒然，考得不好也就算了，拿不到金牌也算了，她只想那樣靜靜地休息一下⋯⋯

　　「張雪虹，上水來，醒醒！不要喪氣！」朦朧中雪虹似聽到有人叫喚她，是明麗天使嗎？

　　她雙手向上划撥，猛力踢水，激起一片片浪花⋯⋯

重拾那份美好

潘明珠

小時候，阿龍家附近有一條河，不是特別的清澈，大人總是叮囑小孩別在那兒玩水。但阿龍每次經過那條小河，總要多逗留一會，他心想，說不定同班的靜兒也會經過那裡。

有一次，靜兒來了。就像平常一樣，她靜靜地坐在河堤，身上穿著特別白淨熨貼的校服，仰著頭似在沉思。她仰頭的樣子，使阿龍特別注意她。班裡其他女生平日都吱吱喳喳的，但靜兒話不多，聲音都是柔柔的，氣質與別不同。

靜兒好像察覺到阿龍在看她，偶爾朝阿龍淺淺的笑了一下，阿龍覺得自己要為靜兒做點什麼，便捲起褲管，涉水把岸邊的一朵小黃花摘來送給靜兒。

「好美！」靜兒輕聲道。

大概就是那時候開始，他們做了好朋友。當他們被編到同一組做專題報告時，阿龍感到特別高

興。與靜兒一起，總有一種好溫暖美好的感覺。

這就是愛嗎？阿龍內心怦怦直跳，低下頭望著自己的鞋尖，像做了什麼「錯事」似的。

他一向是老師心中的好學生，父母眼中的好兒子，大人常叮囑學生不可談戀愛啊！

「你平日成績很好的，為什麼這次大考交白卷？」這天，班主任質問阿龍。

阿龍一直低下頭，望著自己因澗水而弄髒的鞋尖。他沉默不語，只希望老師訓話的時間快點過去。

其實阿龍知道，靜兒的成績只能升上 B 班，如果自己成績考得太好，直升 A 班，便沒有機會跟靜兒一班了。但他不能把心事向老師說。

不過，不知老師從哪兒猜到，他講了很多勸告的話，叫阿龍不要為豆芽愛情荒廢學業等等；結果，還是父親的說話，令阿龍把思緒放回學業上。

爸爸說：「男人先要有事業，才可以照顧到所愛的人！」

之後，阿龍循著父母為他設定好的，優等生的道路，很自然地升學，還到外國留學去。他和靜兒的生命軌跡竟愈距愈遠了。

「我會寫信給你的。」阿龍出國前的一天，鼓起勇氣對靜兒說。

靜兒只是點點頭，輕輕的笑。

阿龍心裡思忖，要不要把自己喜歡她的心事告訴靜兒呢？他有點迷惘，不知道如果說出來，會否破壞原來純潔美好的友情⋯⋯

阿龍寫了多封信寄給靜兒，卻從來沒收過回信。有些同學告訴他，說靜兒轉了校，地址也改了，卻沒有人有她的聯絡。

留學第二年的聖誕節，阿龍回香港度假，照

例約了一些舊同學會面。那一天，香港的氣溫只有十度，尖沙嘴碼頭的風很大，阿龍正想移步到室內，向前一望，竟然看到一個穿白衣的、熟悉的身影——那不是靜兒嗎？

阿龍真是非常驚喜，靜兒向他微微一笑，這一刻，阿龍感到很窩心，從前那份美好的感覺再次自心中升起⋯⋯

那一年聖誕，是阿龍記憶中最幸福的時光，他幾乎天天相約靜兒見面。本來，他擔心日子太久大家會變得生疏，但一點也沒有。

阿龍拖著靜兒，回到舊居附近的小河，河水都乾涸了，河旁露出圓禿禿的石子，他們一步步走過圓圓的石頭，許多兒時的愉快記憶一幕幕在腦海中出現，將岸上的燈火那樣，一點點的亮起了，閃爍得像個夢⋯⋯

阿龍心裡真的希望，可以這樣和心愛的人攜著手，一直向前走過去，走進相互的夢中，不用返回現實的世界。

　　但現實怎會輕易放過任何人呢？假期結束，阿龍要返回留學的地方了。

　　大家都沉默著，彷彿一開口，就會打擾了心中美好的感覺。

　　他們來到尖沙嘴海旁的時候，大鐘樓的鐘聲像惡夢一樣叫人失措地響起來了：「噹！噹！……」

　　「香港的燈飾愈來愈美了！」阿龍望向天空，很想找些話來說。

　　「澳洲的聖誕很熱吧！」靜兒輕聲應了一句。

　　鐘聲剛停止，他們幾乎同聲說：「我們——」之後，兩人都頓下來。

靜兒幽幽的說：「我們下次見面的時候，不知會怎樣呢？」

阿龍沒法想像，只是沉默不語。

就是那樣，他們再次分手了。這次，阿龍沒再提寫信或說什麼承諾，也許他沒有信心叫靜兒有所期待。他沒有勇氣，什麼也不敢說，只想保留此刻美好的夢。

阿龍大學畢業那年，校園紛紛揚揚的下了很大的雪。他從圖書館拖著疲乏的身軀走回宿舍時，寸步難行，他的眼臉和脖子都撲滿了雪花，他仰頭望天地間灰濛濛一片，再看看自己剛才的腳印，很快就給新雪鋪蓋了。四處不見人影，彷彿之前也從沒有人走過。阿龍身上很冷，心裡很空洞，感到自己快要孤絕地消失在這冷冰冰的世界中。他心裡惦記著一個人，那個令他感到溫暖的兒時友伴……

畢業之後，阿龍順利地依著似乎一早安排好了的模式生活，找到一份穩定的工作，之後平平淡淡地結了婚。一晃多年，他也沒有再見到靜兒。

好奇怪，世界通訊雖然發達，可是若你無緣找到一個人，那人就不會讓你再找得到。

每逢冬天，聽到空洞洞的鐘聲，阿龍就感到內心彷彿有一個缺口，他心想，是否只有在夢中，才可再重拾那份少年情懷和美好的感覺！？

光環

潘明珠

玻璃櫃上放置了他很多獎牌，有刻了談判專家的、有祝賀他榮休的，寫著「一帆風順」；金字在陽光下似閃著光環，但光譜中她看到微塵在飄浮，終灑落在金牌上。

已經六個月了，平日口才滔滔不絕的他，退休不久竟中風失救，從醫院回家已半年了，因右邊半身癱瘓，半個腦神經受損影響，以致口齒不清，整天說不出一句完整的話。

他妻子用手撫平自己蹙起的眉頭，打起精神，開始一天的工作。

老人院的主任問過她怎樣自我釋放壓力，怎樣撐過來呢？主任建議她送丈夫到老人院，因怕她獨力太勞累，怕她精神崩潰；但她仍堅持著在家照顧他，就因為曾反對她下嫁的母親說的一句話：「你自己揀的老公，惟有自己承受。」

他用左手按搖控，把電視聲浪放大，她明白，不用言語了，他表示自己已醒來，想洗臉換尿片吃早餐。

幾個月下來，她開始習慣照顧病者的規律。每天，早餐過後，他睡一會時，她要做家務、買菜，預備他的午餐。午餐後，要照顧他吃藥、大小便、洗澡⋯⋯時間全用來照顧他。而且，遇到他發脾氣，她要猜估他的要求，猜半天也失敗，就更疲累了！

平日家裡除了電視聲，空虛靜寂，夫妻二人常沉默不語，若他一大聲出口，總是有什麼不滿，發脾氣罵人，用斷續難解的詞語，甚至粗話。現在夫妻之間已沒有任何溝通，她像個奴僕，每天只處理日常三餐及衛生瑣事已身心俱疲了。

她看到金牌表面都封了塵，唉！又何來多餘時間抹拭塵埃呢？

　　其實她天天沒停手，真的沒半點時間休息。她困惑，似乎感到沒有了自己。

　　那位善心主任介紹她參加中風照顧者心理支援服務，據說要回答問卷及通過電話傾談，以緩和情緒及心理問題。但支援服務的社工打電話給她時，他剛要大便，她只好匆匆回答說，現不方便了。

　　她不知道，也不敢預想自己如此當中風患者的照顧者，究竟可以捱多少日子，自己有一天會否撐不住「爆煲」？相信躺在床上、動彈不得的他內心更痛苦，只是言語沒表達出來；她但願在自己用心照料下，他可以感覺舒服些，心情沒那麼低落；至於他能否慢慢康復，有誰可料？明天才去想吧！

　　這天午後，他嘴翕翕，咿咿呀呀說了幾個詞語，但猜不到他想表達什麼！他揮左手指著窗外，又大聲口翕翕，開始發怒的樣子！

　　病者脾氣壞！（他從前卻是勸人要心平氣和的專家，多麼諷刺啊！）

　　她惟有耐心猜估，左指指，右指指，終於明白他想坐輪椅到窗旁看外邊的花園。

　　但他一個大男人，身體很沉重，每次由床扶他移去坐輪椅，對她來說，都是體力的考驗和挑戰！

　　好吧！Fighting！她再用手撫平自己蹙緊的眉頭，深呼吸打起精神，用肩胛抱法慢慢將他抱起，但他太重，她再用盡九牛二虎之力屢敗屢試，終於把他轉向輪椅坐下了。她自己的手也厲害地抖了。

但他焦急，指著窗，要她把輪椅推到窗台。

她只好開了輪椅的鎖，再用力把輪椅推過去。

「最醒你！」他忽然裂嘴笑著對她說。

她漲紅了臉，也許因剛才太用力，或者聽到他的讚賞太驚喜了。

午後的陽光灑滿她頭頂的髮絲，就像一個美麗的光環。

疫騙

潘金英

這天，朱太去接小珠放學，回家途中，收到一通怪電話，對方聲稱小珠的外婆在深圳疫區出事了，已送到檢疫醫院，並急著要做手術！

對方叫朱太，速把六萬元轉帳至他銀行戶口應急。朱太聽到母親染新冠肺炎進醫院，擔心她病危，驚慌失措，即想趕去深圳探望，她著急問：「醫院地址是哪？不用麻煩，我立即帶錢到深圳！」

但對方阻止：「怎能等得及你帶錢來？我帶她入院，已墊支檢疫醫院費應急，現安排手術呀！」對方火急催促轉帳還款，又恐嚇她不要浪費時間，若搶救不到老人莫後悔！

朱太放下電話，臉色蒼白，怕得發抖。小珠見媽神情呆滯，便問個究竟。她簡單回應說，要趕去銀行，便拖著女兒趕路。

　　銀行排隊的人龍很長，朱太心急如焚，手機又不停響。每次手機響起，她心跳得厲害，對方電話像催命符咒……小珠終於明白媽收到怪電話的遭遇了，她想起警訊和新聞報導過很多騙案，心感事有蹺蹊，便即撥打外婆的電話。

　　第一次，沒人接電話。難道婆婆真的在醫院？

　　小珠再撥第二次電話，有人接聽了。「是婆婆回話！媽呀，她一切安好！」小珠大叫：「證明你剛才是騙子電話！」

　　在銀行的人聽到了，都議論紛紛，騙子倡狂！抗疫竟也騙人！太可惡了！朱太的心才忽然驚醒過來，原來自己糊塗大意，沒查清楚便亂信壞人！她羞得速拖了小珠立即回家。

小珠安慰她：「幸好你虛驚一場！爸説近日有電話騙案，騙子藉疫症橫行，有些人網訂口罩財散貨無，損失慘重！」

　　朱太怨自己太笨，這次全賴聰明女智破詭計，以後會謹慎吧。

書店奇緣

潘金英

凱輝一家真是書香之家，他從婆婆口中，聽過爸媽的愛情故事是從一間書店開始的，所以他自小對書店有一種親切感。

　　這天，凱輝的媽媽在整理書櫃，發現了一本歐洲的旅遊書 Europe Walker，就陷入了美好回憶似的、笑咪咪地翻閱起來。

　　凱輝見書頁中夾著一張發黃的收據和一張只拍到一個女子背面的照片，好奇地問：「誰拍的照片？這是媽媽你背影？婆婆說你和爸爸在書店認識，真的嗎？」

　　媽媽笑著點點頭，細訴如何在書店邂逅一段姻緣。「當時我們兩人都想買這本旅遊書，剛好存貨只有一本，他讓了給我；後來，我和女友在參加的歐遊團中，竟再遇上他！」原來凱輝的爸爸當時也參加了同一個歐遊團，兩人便漸漸交往起來。

「這不是奇緣嗎?」媽媽說著美好的往事,嘴角泛起甜甜的笑容。

凱輝猜想,大概因為這緣故,凱輝的爸媽閒時沒事都會逛逛書店,今年他們想重遊第一次互相見面的書店,可惜那書店竟抵受不了貴租金,不久前關閉了,令爸媽失去一處共同回憶的地方,很感歎和惋惜呢。

很多家庭趁假日最愛逛商場,凱輝的爸媽則喜歡帶凱輝和凱儀兩個孩子一起親子逛書局,所以凱輝一家算是書香之家吧。

「沒有一艘船能像一本書,

也沒有一匹駿馬,

能像一頁跳躍的詩章,

那樣把人帶往遠方。」

爸爸朗讀名詩句，說：「『全球城市文化報告』（The World Cities Culture Report）的統計報告指出，香港共有 154 間書店，排全球第二呀，這個被視為文化沙漠的小城，真令人刮目相看！我們可次次去不同的書店，商務、大眾、中華、三聯、天地，還有誠品書城，天天有新意思、新發現呢！」

近年的新熱點——誠品，凱輝從未去過，所以特別期待這周末，爸媽帶他和妹妹遊誠品的兒童繪本館，他期望發現有趣的圖書和玩意啊。

周末的鬧市中心，街上途人熙來攘往，凱輝和妹妹跟著爸媽來到樓高十多層的大商場，書城就在八、九、十數樓層呢。

「這就是在台北鼎鼎有名的書店了。」爸媽和凱儀、凱輝乘坐電梯第一次走進這所台式書店。「哇！真多人呀！」凱輝沒有說「真多圖書」，因這兒的確

比他去過的書店熱鬧，人頭湧湧呢。很多人站在書架前打書釘，有些人還坐在地上一面看書，一面帶著耳機聽音樂。他們像走進圖書百貨大觀園，十分興奮，這兒貨品種類繁多，琳瑯滿目，令人眼花繚亂。除了不同主題的書外，書店還推銷自然生活文化，故有不少這方面的生活用品，包括一些創意設計的文具、飾物、襪子、小茶具，以至行李收納袋等，設計都充滿玩樂氣氛，很是吸引。媽媽還發現了台南人自家製造的天然果醬呢！

「你們慢慢看書啊！」由於書店地方大，媽媽讓兩兄妹在兒童館，自由看書，而爸媽就去聽文化講座，說好一小時後接他們。爸爸笑說：「你們就自行去找新發現吧！」

小凱儀高高興興地坐在兒童館一角的小沙發上，但見那麼多的圖書，全都色彩繽紛，真不知道

要怎麼選看哩。「哥哥，你講故事我聽！」凱儀撒嬌說。

「喂，小朋友，我叫書蟲閃閃。」凱輝翻開一本「彈起」大書，頁內忽然有一隻蟲兒從圖畫中鑽動出來！這是一隻全身透明的書蟲，牠還會說話呢。

凱輝一驚，正想合上書把書蟲壓制，但回心一想，會說話的書蟲？他覺得有點不可思議，凱輝兄妹倆見過金龜子、有紅或綠斑點的圓圈式點子的毛蟲，還從來沒有見過透明的書蟲兒呢。

「你為什麼是透明的呢？為什麼住在書裡？」小兄妹不約而同吃驚地喊著看著。

「書蟲當然住在書裡，這並不奇怪呀！」書蟲兒閃閃答得理所當然，重複申述：「狗住狗窩，兔崽子住兔子窟，豬住豬欄來；書蟲，當然住在書裡啦！」牠根本不想再解釋，嘆一聲再說：「但我們書蟲住久

了會悶，很希望人們買書回去、天天翻看書本，那我們書蟲便不用呆在書店了。」

「你想我帶你回家玩嗎？那我叫媽媽買這書便行。」小凱儀對閃閃說。

「『彈起』書好貴呀，媽媽不肯買的。」凱輝搶著說，但話剛說完又有點後悔。

凱輝怕自己一口拒絕的話傷了書蟲兒閃閃的心。

小凱儀同情地望著閃閃，是的，爸媽雖然常帶他們去書店，但貴的書都不會買回家。小凱儀說：「嗯，我好鍾意圖畫書，好想買回家呀！但次次求媽媽，她都搖頭嫌貴。惟有現在和你多多聊天解悶吧。」

凱輝安慰閃閃說：「你看，書店這麼多顧客，很快有人帶你回家了。不用擔心！爸爸話數字顯示香港不是文化沙漠，香港書店人均密度屬全球之

冠呢！」

「哈哈哼！」書蟲兒閃閃忽然訕笑起來。「表面的數字並不能反映全部實況，什麼？數字說這兒平均每十萬人便有 21 間書店，那就一定比鄰市台北的人（只有 17.6 間）更具書香文藝氣息嗎？其實，有時數字只展示了一些假象，來看看吧！你就明白什麼回事了⋯⋯」

書蟲兒閃閃鼓起了嘴臉兒，把整個身子都圓鼓鼓地膨脹起來，變成好像一個透明的螢幕一樣。螢幕上出現人來人往的書店⋯⋯

閃閃拉一拉凱輝和凱儀的手，真奇妙！他們跨進螢幕，變成透明小人兒，走入書店到處參觀了。

那是什麼呢？很多人到書店隨意逛，不少人來買文具、小飾物、生活物品、茶葉、茶具以至手提包、行李袋、書包⋯⋯

　　但到書店逛一逛，都不見什麼人手拿著書本去付錢呀。這邊書架地帶沒有見人買書，但逛到另一邊來，在書店的餐廳內，卻見客滿，不少人來吃餐呢，而且人人低頭上網。

　　咦？這幾個人買了什麼書？烹飪的、補充練習！還有致富財經天書！

　　「我們來看一下昔日的書店。」閃閃鼓起了嘴臉兒一吹，他們繞兩圈圈，旋轉到古老年代的書店，那兒只有書本，沒賣其他東西，顧客不多，但走出書店的人手中皆有書呢。

　　「現在電子化看資訊，好像真的少了人閱讀，文學書尤其少讀者呀！」凱輝引老師說的話：「不過，書店多了文化活動，老師也帶過我們去和作家會面，我們聽講座後又買書取作家簽名。」

　　「對！這是牽引好書緣的活動。」

書蟲兒閃閃鼓起了嘴臉兒一吹，凱輝和妹妹繞兩圈圈，旋轉回到現實世界。

　　妹妹忽然間看到了透明的水珠子，似在凱輝眼眶裡面打轉！她叫起一聲：「哥哥，你的眼睛沒有事吧？」

　　「沒⋯⋯沒什麼，是我肚子在打鼓。」凱輝彆扭地答非所問。

　　突然，兩小兄妹聽到前方有一陣又一陣的「叮叮噹」的奇妙聲音。

　　這是怎麼回事呀？派禮物嗎？

　　原來，兒童文學作家的分享會快開始了。

　　作者說：「小朋友，歡迎來到好書分享會！初來此店的您，一定對香港本土所有的歷史故事和早期舊日的事物，都感到好奇吧？以下先簡要介紹這套書裡兩樣最主要的內容，如果有更多問題，歡迎直

接問也行喔！……」

　　這個「新書分享會」很好呢，有關於香港海盜和採珍珠的歷史故事聽，兩小兄妹聽到入神，沒注意時間過得很快呢，直至無意間見到身邊，踢響有踭皮鞋的媽媽呼喚聲，爸爸手裡拿著一個兩個大袋，肯定的是媽媽本人已滿載而歸。

　　「新書分享會」到尾聲了，兒童文學作家給小朋友的話，仍言猶在耳：

　　「想找好朋友的時候，請多親近書吧，這個好朋友知無不言、言無不盡；書海無涯，若你視它為知己好友的話，請相信書的多元力量吧！」

　　凱輝和妹妹見爸媽一個個一包二袋的，不肯放過機會，不約而同齊聲大喊：「我們要買大書！」

　　妹妹緊張起來，擁抱住躲著「書蟲兒閃閃」的天下大繪本，嘟起了嘴撒嬌；哥哥接上一句：「兩人

一本就可分享共欣賞了，包保這大書，會幫我們擴充知識的呀！」

爸爸點點頭答允，說：「閱讀本身是很快樂的事，因為書是你們的益友好夥伴呀！」

凱輝和妹妹都笑開眉了，而最會心一笑的還有什麼？誰知道？

不就是書蟲兒閃閃嗎？媽媽去付錢，意味著牠可跟新主人安家了！

美好的藍圖

潘明珠

有時候，大人總是在孩子最高興時說些他們不願聽的話。千雨小時在北方鄉下過年，燒鞭炮可歡喜了，媽媽卻吩咐她幫手準備年夜飯。千雨讀小三時，在學校的朗誦組表演，威風得很，但媽媽一句話，她便要告別學校的好友，離鄉別井到香港去。

媽媽說，她們要在香港這城市展開新生活。

不經不覺，千雨在香港已生活兩年了。開始的時候，她心中對這新環境有美好的想像。

第一年在香港過年，雖然這兒法例規定不得燒煙花，但爸媽帶了她到海旁看大型賀年煙花匯演，熱鬧又高興，令她很難忘。今年是她第二年在此過年，爸爸曾說過會一家人去買年貨及到餐館吃團圓飯；是的，爸爸、媽媽和千雨，還有在香港出生的小弟弟千風，千雨對此滿心期待呢。

但到了歲末這一天，媽媽下班回家時有點失神恍惚，飄忽的眼神中又有一絲絲慌張。媽媽隨意撒滿一桌子麵粉，吩咐千雨來一起搓湯丸。

「我們不是到餐館吃團年飯嗎？」千雨輕輕問了一句。

媽媽怔怔地轉過身來，望見一旁的嬰兒車，突然意識到自己忘了到保姆處接小兒子千風，便不由分說的推門出去了。千雨感到媽媽跟平日有點異樣，是否因媽媽上班時又受上司之氣？

媽媽抱著小弟弟回來時，爸爸仍未歸來；其實，最近爸爸都很夜歸。那一晚半夜，千雨矇矓中聽見父母房那邊傳來一陣又一陣的歎息聲，她悄悄瞄一下，看見媽媽抱著弟弟的身影坐在床邊上，卻不見爸爸。

電話響了，媽媽在廚房咚咚的切菜聲忽然停住了，只聽見媽媽氣憤地說了一串話，最後堅定地說那句「我要離婚！」就像一塊沉重的鉛壓在千雨的心口，她呆在房裡一角，不知所措，為媽媽所說的話苦苦煩惱……。

　　這晚，爸爸沒回來吃團年飯，媽媽煮了一桌子餸菜，還有湯丸，她說一定要比纏著爸爸那個「壞香港女人」吃得好；千雨便大口大口地吃湯丸，卻感到湯丸帶著苦澀的味道。

　　＊　＊　＊　＊　＊　＊　＊　＊　＊　＊

　　看護姑娘打量了千雨半天才用簡單的普通話說：「小朋友，你不要害怕，你媽媽只是患了……病……」

「姑娘，我來香港好久了，明白廣東話的。」千雨說。

「噢！你媽媽是憂——鬱——病，定期吃藥便沒事了。」看護姑娘笑著用廣東話說。

自從爸爸離開家之後，媽媽常常精神恍惚，有時情緒低落，有時又歇斯底里地大叫，或自言自語埋怨香港女人跟她搶老公，媽媽說：「女兒呀，這是個瘋狂鬥搶的世界，你要醒目，我們大陸人不可輸給香港人。」

千雨不明白，她初來香港時，媽媽叮囑她要融入社會，變成香港人；如今媽媽竟再提醒自己是大陸人。究竟自己是什麼人呢？是否應對香港人生氣？她感到很混亂和矛盾。

事實上，雖然她已在香港過了兩年，學校一些老師仍會像看護姑娘那樣，以另一種眼光看千雨；

她向來都以為他們是友善的，只想幫千雨適應和融入新環境，和她溝通明白罷了。

不過，爸媽的分離，媽媽的怪病，使千雨有一番感悟，她覺得環繞自己身邊那些人的目光愈來愈帶憎惡和敵意，她要反抗，不然便輸給他們；那次在學校的朗誦小組裡，她沒被選上參加廣東話集誦，她便委屈地跟班主任爭辯，說老師不公平，不應小看她學不好廣東話。

這天，媽媽吩咐千雨到附近的藥房，為弟弟買兩罐奶粉。她携了環保袋便輕鬆出去，卻空手而回。「藥房老闆說大陸人竟派小孩來買奶粉，沒理會我喲。」千雨扁著嘴向媽媽報告。自從內地人過江來香港買奶粉，奶粉供應開始短缺，藥房待客變得嚴謹了。

「哼！你弟弟是香港出生的呀，藥房憑什麼冤枉你？怎可以不賣奶粉給香港人？我要告發他。」媽媽忿忿地說，忽然變身為香港人的口吻。

第二天清早，媽媽拖著千雨到藥房門外，排隊等它開門。

藥房的閘門終於緩緩打開了，排在第四位置的媽媽和千雨跟緊著隊伍，但忽然有個大陸水貨客一個箭步衝上前，想搶閘購買奶粉。

「打尖呀！」媽媽大叫，反瞪那插隊的人一眼，並用手肘推開她；誰知這一推，引來另一個大陸人拿起雨傘扑在千雨媽媽的頭上。

「打人呀！」千雨不甘示弱地為媽媽大叫，卻被人推倒一旁。

這時，另一個拖著行李箱的大陸人在混亂中乘機竄入藥房，大量搶購奶粉。

「搶呀，不公平呀！」隊伍中有些香港人見狀幫忙大叫，還拉著插隊者的衣尾。藥房老闆慌張地喝止大家，叫眾人排好隊。但香港人和水貨客兩方仍爭持不下，有人還大呼受了傷，藥房裡似乎已形成中港兩方對峙的局面……

藥房老闆無奈報了警，等警察來處理。

千雨的媽媽把跌倒的女兒一把拉走，悻悻然趕到另一間藥房，千雨的姨婆已在那兒預先排隊，等候買奶粉。

「哎喲，小雨有沒有擦傷呀！」姨婆擁著千雨，關心地說。「我真很討厭那些大陸人。那些報章也說，大陸人就像蝗蟲，一窩蜂來香港爭吃，搶奶粉、爭醫院床位，如今又來爭幼稚園學位呀！」

姨婆拿著一張小凳仔，她說等會兒要到幼稚園為小孫女排隊取入學表呢。

「那我們也要給弟弟取一份嗎？」千雨對媽媽說，姨婆說預早了解一下入學要求和程序也好。

於是，媽媽叮囑千雨跟著姨婆去幼稚園，自己則去保姆處接千風。

「姨婆，要住在香港多久，才變成香港人呢？」千雨問坐在小凳仔上排隊的姨婆，姨婆還未回應，其他在幼稚園門外排隊的香港人已竊竊私語：「哎，又是從大陸來爭學位的……」

姨婆的臉頃刻間掛了下來，當她正想大聲地辯說自己已來香港三四十年，有香港身份証的時候，幼稚園的職員開始派表格了。

「噢！跌死我了！」姨婆從凳仔站起來想取表格時，不小心絆倒了，更被排擠到隊伍後面。

幼稚園的職員好心把她扶到一旁休息，姨婆掙

扎著仍想擠到前排，口中仍喃喃說著：「我是香港人，給我孫女一份表呀！」

在幼稚園的職員的協助下，姨婆終於為孫女取得一份入學表格了。「我都說了，香港人真好，在此享有的權利，一定有的！」

千雨分不清楚，剛才不是那些香港人的話讓姨婆生氣了嗎？現在又是香港人幫了她。

千雨心裡掙扎了好一會兒：香港人、大陸人，誰對誰錯，互相又理解了多少呢？

這天下課後，負責朗誦組的何老師告訴千雨，可讓她參加廣東話集誦練習和比賽。

「好好練習，你要成功，必須付出雙倍的努力！」何老師對千雨說完，又呼喚全組同學互相合作，要有團結精神，才能把誦材的意韻朗唸得好。

千雨感激地望著何老師，看到老師眼神裡對自己的善意和鼓勵。

誦材是作家任溶溶一篇題為「北京、外國、宇宙」的詩：

「在北京，廣東人碰到廣東人／一見就像老朋友／因為是同鄉／也不管來自廣東的什麼地方／廣州、湛江、汕頭。

在國外，中國人碰到中國人／一見就像老朋友／因為是同胞／也不管來自祖國的什麼地方／上海、廣西、貴州……

也許到多少年以後，在另一個星球，地球上來的人，碰到地球上來的人／一見也準像老朋友／因為都是地球上來的／也不管來自地球的什麼地方／亞洲、非洲、歐洲……」

這真是美好的詩篇，唸著唸著，就感心胸寬廣了，有一種和諧感，千雨心中也漸漸勾畫了一幅美好藍圖。

　　那天，在電視上看見中國航天員的太空實驗，和玉兔拍照的報導，千雨感到身為中國人的自豪；將來在另一個星球，地球上來的人，碰到地球上來的人之日子也不遠了吧。她想，若大家都寬宏地去接受和理解他人，減少矛盾，我們不是可以生活得更美好麼？

青蔥的日子
像調色碟

潘金英

昨夜，我又做夢了。

我夢見自己口若懸河，千百張學生的臉流露著專注的神情……

一覺醒來，滿天的陽光。美麗的星期一！我踏著闊步出門，一陣冷風迎面吹來，但我心窩卻暖烘烘的。今天，我笑傲藍天，充滿信心，迎接我即將擔任實習教師的第一天。

但人有時過分自信卻會出亂子。

在學院時，我滿以為自己學了很多東西，心中充滿著「大展身手」的理想，但現實卻會有很多出其不意的事。

第一節課，我就擺烏龍了。

陳主任說 2B 的英作在 408 室上課，我轉來轉去才找到課室，卻不見 2B 的學生。後來才弄清

楚，因為「浮動班制」，2B 星期一應在 403 室上課。噢！為什麼我不早點問個明白呢？

終於跟學生正式打招呼了，我便準備把昨天預錄的聲帶播放給學生聽，以「引起動機」讓他們寫作「我的夢想」這篇文章——但老天！我是否忘了帶那個 USB？！

學生見我在袋子找來找去，哄笑起來。我惟有憑記憶，把聲帶內容以故事形式講出來，又在白板上繪上不同職業的圖，有同學對我繪畫的太空宇航員特別有反應，就這樣，總算愉快的應付了。

噢，實習的第一天，初為人師，然後知困……

* * * * * * * * * * *

這夜，霜月當窗，我醒在長長的夜，因要忙於準備教材或做教具、教案等，總之早眠不易啊。

我正預備〈荷塘月色〉的預習綱要，忽然感到一陣疲倦，一陣寂寥。

有人說，青春是美好的！但做教師是「刻板」的，會消耗你的青春，怕很快變「老成」呢。

「果真如此嗎？」我問自己。

「不！」我回答。

每一課都是新的！每一個月夜都不一樣！

想起那些對未來充滿夢想的少年人，他們上課那副全神貫注的神情，答問題那種熱烈和踴躍，我多麼想為他們青蔥的心靈土壤努力耕耘、施肥，使他們收穫一顆顆樂觀好學的果子。

一星期了，小淘氣、小天使、小頑皮——

我在你們心中可留有什麼印象？

我起始熟悉你們的臉、你們的熱切，你們的

笑，我知道，我被接納了，我的付出有所價值。

青蔥的日子像調色碟！學生們每天當有新的進步，當抹上新的色彩！

每一個教師，每一天當有新的衝勁！

明天，我要教得更出色。（願你們因而更受益！）

* * * * * * * * * * * *

上作文課時，和學生討論，聽到有見地的言論，是頂快樂的事。

「做人差不多好嗎？」上星期五剛教完〈差不多先生傳〉，這是個甚好的論題。

「做人有時差不多也不錯嘛，夠灑脫！」

「凡事差不多固然不好，但事事過分認真或緊

張，也不見得好。」

討論時興高采烈，執筆時支頤沉思，或細聲斟酌，或咬住筆尖……學生討論時的專注叫我感動。

而改作文的時候，又另有一番滋味。

學生的毛病離不開錯別字、標點和句法等，但語病卻層出不窮。有時費半句鐘去「猜」，去苦思，也弄不清他們想說什麼。更甚的，改作文之苦，莫苦於千篇一律，看到篇篇寫成一個模式，有時真不明白：為什麼他們的腦子竟同一樣？

但當感「吾諸兒碌碌」之際，忽然出現一篇別出心裁的作品，又不禁雀躍而笑。

文題是「緊張大師」，那班小淘氣把心中的大師擬諸深山古寺的和尚，或做事緊張、動不動就尖叫媽咪的人……總之，他們的聯想和創造力，真叫你捧腹！

自歪歪斜斜的字裡行間，我看見自己昔日的影子。

* * * * * * * * * * *

這天，吃午飯的時間，剛上完堂的麥，神色怪異地問我：

「你信不信——2C 有人自殺！」

2C？就是我教中國語文那一班？什麼？

「自殺—那個叫 XX 的女生。」

我愕然，打了個寒噤，呆了半晌。

有什麼可能？才中二罷了。

「她現怎麼了？」

「剛送去醫院洗胃。」校務室一陣哄動。

原來麥去上課時，見課室門口有兩個女生在

哭，楊老師和鄧老師都趕來，才知有人自殺——就是那個吞了十四粒安眠藥的女生，昏暈了，全身漸冷。聽說還有一封「遺書」，但校方沒有公開。

「她們在哭，ＸＸ自殺——我初以為她們開玩笑——唉，我有生以來未親自見過這種事！中二！」麥説。

我盡量在腦海搜索ＸＸ的印象——只記得我叫2C班每人給我一張照片，以便我盡快熟悉他們，這女孩很早就把照片給了我。她上課寧靜，樣子平凡，沒有叫我特別注意的地方。麥説：「她未夠16歲，住得頗遠，天天乘車出觀塘，再轉車到學校這邊，交通方面很費事。真不明白，她家人為何讓她到這麼遠的學校讀書。」

鄧老師説：「她家裡沒有電話，聯絡她家人很困難，父母工作忙，沒暇理會她——也許她感到學業

壓力大……」

XX——她是否留級生？是否懼於考驗？抑或我們一直忽視她——而她需要被注意、被重視？被愛？

但無論如何，年紀輕輕自殺！她可以無悔青春嗎？自殺畢竟太愚蠢了！

現今世界各地都有學生自殺，或因為功課壓力，或因為考試成績等等的原因——試問：這是不是教育本身發生問題了？

我們當正視問題，尋求原因，共同努力謀求解決方法！

我想起這樣的詩句：「以心去發現心，以自己的火去點燃旁人的火。」

教育本身是一條神聖而希望無窮的大道，要做一個好老師，必須懷有一顆熾熱如火的心。否則，

怎能打開下一代的胸懷，找到他們的心，把它也點燃起來呢？

＊ ＊ ＊ ＊ ＊ ＊ ＊ ＊ ＊ ＊ ＊

環顧校園，這裡一切，不再陌生。

諳熟的臉孔、諳熟的名字、諳熟的聲音——笑聲、嘈吵聲、作文和測驗時紙和筆的颼颼聲。

在實習的最後一天，我覺得這兒一切都諳熟，卻就要離去了。

有同學請我把名字簽在紀念冊上，我心中有點莫名的依依，揮筆就寫：

青春，有繽紛色彩斑斕的日子，但也會遇上挫折、經歷黑沉悲愁的時候，我們當好好調色，珍惜美好光陰，努力學習，為自己的人生填上最燦爛的色彩。

生命的苦甜

潘金英

這天下雨，雨點淅瀝敲窗，是安撫窗裡痛哭的人？

　　生命的本質是痛苦，人哭著到人間，死後被哭聲送上路。當護士久了，加上疫症肆虐，生命脆弱，痛哭掙扎也無奈，人死不能復生，我深深體驗了。

　　昨日我如常工作，推著裝滿生理鹽水和藥物的車，巡到最後一個病房。

　　「姑娘早安！」甫開門便聽見唐先生聲如洪鐘的問安。他是個患心臟病的老作家，我一邊問安，一邊看著他吃藥。

　　他愛跟我聊天：「今天過得怎樣？別忙苦身體，忘記了笑啊！」

　　我給他逗笑了。我業餘也喜寫作，和老人有相同的話題，他的思維有深度，說話滋潤人心，令我

心靈感到溫暖，不時引起我共鳴。

「這篇文章為你們醫護寫的呢！今天該可寫完！」他熱心的說，遞給我一包扭結糖：「好味，給你作飯後甜潤潤啊，糖包上我寫了寄稿的電郵，你愛寫作，要投稿啊！」

我謝過他的鼓勵，心想放工要上網看他的專欄。

翌日休假，傾盆大雨。院長突然致電我說：你負責的病人心臟病發過世了。

我二話不說立刻去醫院，直奔唐老的病房，推門一看，床上沒有人影，床頭櫃裡空無他物，只有一疊寫滿密密麻麻的文字稿。

我無語哽咽讀著：「我老了，但讀了那麼多新冠病毒的噩耗，看了無數救死扶傷、生離死別的動人視頻，我衷心敬佩醫護心懷大愛，為病人擔當……」

望著文稿，我頓悟了！他藉文章告訴人：人生看似悲苦，但亦有甜；人生過程也有歡樂，所留下的並不都是苦，至少死後可留言鼓勵他人，滋潤人生。醫護救人自有意義，為人服務，工作自有甜美時光和價值。

賣屋奇緣

潘金英

住在山村的阿亮，不喜歡老爸留給他的老房子，很想搬去熱鬧的城市。所以，他就想到要把舊房子給賣掉，這樣就有一筆現錢，可以給首期去買一座新房子了。

　　然後，阿亮貼出了賣房子的告示，此事一下子街知巷聞，傳遍小山村。

　　這時，住在阿亮左邊村屋的鄰居，來看他的房子說：你這房子的外牆應該重新油漆一下，增加房子的美觀度，才容易賣得好價錢呀。

　　阿亮於是便買來天藍色的油漆，重新油漆房子的外牆了。

　　油漆乾了後，不一會兒，住在阿亮右邊村屋的鄰居，也來看他的房子說：去年刮大颱風，你這房子兩扇窗戶遭打破了，要換上新窗戶才行，否則沒有安全感，哪有人想要？

　　阿亮於是便買來玻璃窗戶，自己釘釘敲敲的安起窗戶來，弄得滿頭大汗，但成功了，很有滿足感哩。

　　安好窗戶後，山村排屋附近的另外幾個鄰居，又來看他的房子，大家都搖搖頭說：這房子很難吸引買家！去年刮大颱風，看！你這房子的屋頂膠片蓋，幾乎全被吹走了；現在破破舊舊的沒遮沒掩蓋，哪有人想要買？

　　阿亮這回茫無頭緒了，真傷腦筋；他只好上網，看可以怎樣修補屋頂。這時，一個姑娘來敲門，阿亮說：來看房子嗎？你想買房嗎？

　　姑娘面臉如花，阿亮眼前一亮。她說：你這房子不錯，只是沒啥環保，你這房子的屋頂，如果能蓋上太陽能板就好了。

這時，阿亮問：為什麼？豈不是要用很多錢嗎？

　　姑娘大眼閃亮如陽光，揚起笑容道：「你真的不知道原因嗎？小伙子，我希望你屋頂能安裝上太陽能板，這絕對是好主意！太陽能板是創新科技事物，你可以在屋頂安裝索億斯太陽能光伏發電板，想想帶頭在這山村做，遲些其他村民也裝，就省電又環保！其實，安裝費不是貴呀，因你用不了太多電，而用不完的電可賣給政府電網，這樣你還會有收入哩！」

　　阿亮明白地點頭，他無法拒絕她？無法拒絕這個好主意？

　　太陽能工程期間，村裡的人都過來他家屋頂看設備，而且專業工人團隊，不消三兩天工程，就安裝完成了，大家看了美觀的新屋頂都很羨慕哩！

　　鄰居們都帶朋友來看阿亮的環保房子，爭先恐後地要談買她的房子；可是阿亮搖頭不賣這座房子了。

　　原因嗎？他說：你們覺得如何？這老房子用料結實，我重新安裝了太陽能屋頂，現在住在裡面省電又涼快，好住極了。

　　現在，這就是他想要的新房子呀！小伙子心裡，也有了想要迎來同住的新主人，心已奔向給他獻想法的姑娘了，不會搬屋了……

無言感激
衷心感謝

范徐麗泰女士
東瑞先生
施香凌小姐

跋：
文字互動發光亮

潘金英

小小說讀多了，對我們想創作小小說，便有了推動力。

看著限定的篇幅，要指揮自己的文字，用哪些建材，一磚一瓦怎樣搭建運用，才建成一間願望中的理想小屋？

恍如童話的三小豬，唯願建立堅固耐用的好房子，遮風擋雨又避禍，內心的滿足感是不可言喻的啊！

昔日曾向東瑞老師偷師，細看他在博客寫的小小說，好精彩呀！就借鏡來學寫⋯⋯又有一段時間，我姊妹倆追看內地的閃小說，入定似的著了魔，遂即執筆入陣，日寫日看，詎料我們竟也招來不少文友回響，於是平台上互動切磋，似永不止息的呼喚著彼此努力創作，奔上文字擂台來技巧較量⋯⋯

我們想，活著真有意思！

小小說使我們忽爾感覺生命中文友及文字間的相遇，相知，從來就沒有距離，只有互動交匯時發放之光亮！

靈感迸發，亮點閃動了，隨意打開電腦，敲出活生生的躍動文字！哈，說文字會跳舞真不假，靈感都樂在和文學共舞了！我姊妹倆體悟到，小小說源於生活現實的種種體驗和觀照，反映出亦虛亦實的時空，光怪陸離的人情世態。寫小小說，可從現實的愛恨中抽離，誰也可進入我們的滑鼠或筆下，進入時間空間的另一趟旅程……我們在虛擬中操控命運，平衡了真實人生的缺陷或失落；文字寫出來後，對現實蹇運、際遇及委屈，會有自我療愈之效哩。

紙短情長，精彩的小小說，短小精桿地出現在

紙書上，在瞬息萬變的人生下，似日月星辰，又似浪奔而來，有份量地給無奈生活下的人們，延伸了頭腦的活動，予窩居都市人另類的時空天地，使人可潛入大海，水底，山巒，森林，以至飛向無邊際的宇宙去愛、恨、生氣或咆哮，然後增長正能量，落入好夢及懷抱希望，對明天擁有更美好動力！

　　衷心期望讀者們，善良多感觸的你，喜歡英明這部小小說，願互動共勉！